句集

天空の鏡

辻 美奈子

コールサック社

句集　天空の鏡　目次

句集　天空の鏡

Ⅰ　折り紙

折り紙の音の続きぬ春の雪

このごろの鬼のかはゆき追儺かな

毛細管現象春の夜をのぼる

風船の内部の健康な空気

いもうとに空あけてやる石鹸玉

蛍烏賊ほどを灯して授乳せり

春のうららの水底にある忌日

鶴引くやイマジン讃美歌のごとく

鳥交る日の炊きたてのご飯かな

いたいけな春の筍剝いてやる

百千鳥こまかき舌を持ちてをり

凧揚の糸幼子を重石とす

乳離れの子に春月の抱き重り

泣けば子は茅花もつともかがやかす

種殻をつけてものの芽まだ眠し

入園の子に風光りすぎはせぬか

鳥雲に入るおろおろと母である

巻貝に永久の出口や春の暮

はなびらの張り付いてゐる三輪車
春の夜の子にあかんぼの香を探す

春月をこはさぬやうに湯浴みをり
育ちきしやうに育ててあたたかし

杖にせし棒もここまで春の山
さくら散る天上世界くすくすと

訪ね来よ泰山木が咲いたから

愛鳥日ままごと遊びかまびすし

国生みのごとく植田の泥しづく

田を植うるあしゆび開くだけひらき

紺碧の極まれば黒卯波立つ

海象のからだ波打つ薄暑かな

椎若葉五穀の神のうずうずと
蛇衣を脱ぐ日おもてをちぢれさせ

をさなごに闇あたらしき蛍かな

かき氷黙つてみづになつてをり

空襲で欠けしところと墓洗ふ

日章旗古りて出でたる露の家

無花果採る少年の身のうす光り

新松子まで垂直に来る日差

芋掘のタオルは首に掛けてこそ
掘りたての芋と子供と帰り来る

露の草食むうさぎの口のふむふむと

団栗を拳に一次反抗期

台風を海が身籠るうねりかな

耳奥に槌や砧やもみいづる

会うてゐてなつかしき人しめぢ飯

櫛ひとつ用済みにして冬に入る

父として結ふ髪置の絵馬の紐

紅淡く残りてゐたり七五三

ブロッコリもこもこ関東ローム層
絨緞のなかで迷子になる小鳥

戦争のはじまりし日の冬の蜂

一陽来復ふつくらと夜はあり

Ⅱ 純白

太陽の直径小春日和かな

白鳥を夜のみづうみに刻印す

雪降るや川のおもては息ひそめ

心細さの寒灯をひとつ足す

人間はねむくて寂しかいつぶり
世界ぢゆう時間を止めて風花す

子供らとゐて双六の行き戻り

とこしへはうつくしき嘘ふゆざくら

あらたまの年純白の抗癌剤

病む父は冬の欅のやうである

底冷や祈るとき身を折らむとす

眠れない子と梟のうた聴かむ

料峭の石ころに絵を描くあそび
神もせる腹式呼吸黄砂降る

横たはる人に蹠さくら東風

父のゐるこの時止めよ揚雲雀

すこし泣いて桜の下を通りけり

眠るとき父にみどりの夜は来ぬ

死に近きたましひ淋しがる夏野

天上へ死者差し上ぐる桐の花

ちちはの一対やそらまめの莢

蝸牛反骨の巻きありしかな

旅のごとくに白靴の紐結ぶ
ワイナリー出て初夏の光浴ぶ

梅雨の鯉ひとかたまりに光りあふ

父は居ますか病棟の梅雨灯

屑金魚水を元気にしてゐたり

鉢植のしくと水吸ふ朝曇

あさがほの歳月すこし巻き戻す
いのち惜しめと砂町の蟬の殻

さねさしの相模の秋の地引網

溝萩や母には母の悼み方

梨を剝く時間しばらく分かちあふ

草雲雀父を抱きしこと一度

くわりんの実拳は必然のかたち

新月や子が子を産んで酵母菌

橡の実の賢き固さ手渡さる

凩の底の坂東太郎かな

人類の英知支ふる首寒し

ゆく年の大いなる背に乗るごとし

Ⅲ　銀の剝落

初夢の楽しみな子と眠りけり

魚の身に銀の剝落寒波くる

とんがつて頑張つてゐる冬木の芽
半島のはづれのふゆのはなわらび

子供らは果実のごとく春を待つ

産み足らぬからだよ杉の花粉症

子と見れば野火のほとほと怖ろしき

人肌の春の日暮となりにけり

青き踏む偶蹄類は反芻中

永き日の抱けばぐぐぐと錦蛇

春月へ父の梯子をかけてみむ

蛇穴を出づ産む夢をいまだ見つ

燕来る日のみづいろのランドセル

囀りて向き変へてまた囀れり

蝌蚪生まれ行つたことなき紐育

コンピューター狂ふは怖し桜の夜

行く春の近江の米の届きたる

葉桜やなんとかなると子に言はれ

吾子ふたり母の日のもう何もいらぬ

何を呑みしかくちなはの身のいびつ

青嵐合祀の鏡鈍びかり

枇杷あまた零して毀たるる生家

自転車に空気押し込む芒種かな

てんとむしだましと言はれても困る

ほんたうは迷子だつたの砂日傘

夏掛を子等へ投網のごとく投ぐ

父よかの日の桐がうづくやうに咲くよ
ことば失へばいつぽんの文字摺草

声ひそめけり二〇一一年の蟬

そつとしといて白昼のすべりひゆ

林間学校そつけなく戻りけり

茄子の花土の機嫌のよささうな

夜顔に白の帳といふがあり
江戸・小江戸川もて繋ぐ曼珠沙華

秋思はらはらホチキスで留めておく

虫入れて虫籠からつぽより軽し

鳳仙花こどもを抱けば抗へる

真夜中に裂けて石榴の完結す

白式部分骨の壺かろがろと

はるか世の父へ新酒をここここ

Ⅳ　筆跡

冬隣アップルパイに崖がある

シリウスを覚えて吾子は十代へ

短日のきちんと疲れゐる体

帰らざる猫と帰らぬ冬帽子

冬日燦々どんどん怖いものが減る

雛市の猫の香箱座りかな

春分や漢方薬に野のにほひ

サイネリア黙つておとなになつてゆく

名のついてより猫の子の末子めく

エイプリルフール珈琲を三度淹れ

尖塔をともしびとして春の逝く

ふたり子のつむりふたつや手毬花

母いつも聞き流す役小判草

一八やすこしむかしをすぐ忘れ

僧ひとり黙礼の門雷兆す

心臓の強きが家系花柘榴

まなうらに滝落ちやまぬ眠りかな

気の強き子の涼しさの泣き黒子

病棟に青柚の匂ふ日暮かな

百たびを訪はば百日草に錆

夜の秋いのちに淵といふがあり

新涼や魚座に魚のひとつがひ

うつし世の銀河の淡し昏睡す
遠蜩母の寝息をたしかめに

心臓のくらさに柘榴熟れゐたる
星飛んで記憶をひとつづつ零す

あかときの月透けてをり身罷れり

とむらひののちの刈田の匂かな

たましひに風よく通る花野かな

天高き日の缶入りのハイボール

無花果が熟すさうかもう居ないのか

残菊に正装の香のありにけり

冬に入る猫のかたちのフォンデュ鍋

枯薊日差し寄り添ふやうに来る

初凪やわが身を小さき舟とせむ

草木は眠りぬ凩は猛り

マッコリ酌むからだ北半分寒し

竹馬の名手でちよつとせつかちで

かなしみのついと来て去る雪ばんば
日脚伸ぶ万年筆の筆跡に

V　天空の鏡

ともだちに先に泣かれて卒業す

思春期の子が逃水にさしかかる

春や春とびらをひらく門がまへ

清明や躾をほどくくるま襞

とほざかる母を四月の海とおもふ

ふらここの振幅傷ついてはならぬ

百千鳥鈴カステラの賑はひに
をみなごに大足のあり夏近し

天空の鏡を割りて五月くる

悪態もつけぬ母の日来たりけり

時計草なら間違へることはない
雛罌粟の赤の極みの微熱かな

下町が好きで嫌ひで祭髪

更衣セーラー服の首ほそく

父の日の港は腕ひろげをり

生え際のまだぽやぽやと藍浴衣

滝やがて真白き飛沫あげて瀧

砌とふ文字ありなんとなく涼し

Tシャツに象形文字の月と日と
白玉の掬つて貰ひたさうに浮く

寄せられて海押し返す海月かな

スカイツリーは東京の杭終戦日

寺町の花屋の大き苧殻籠

門火焚くかの焼跡を知る母へ

ひぐらしや記憶の底ひ漣す
身をつつむもののすべてを秋といふ

小鳥きてゐるかと問へり答へけり

天高し黒々光る正露丸

吾亦紅ジンの小瓶に挿してあり

四十代過ぐ秋冷の爪ひかり

夜を守るひとへ等しく虫すだく
勤労感謝の日屑籠に黒き艶

マフラー深く思春期の繭ごもり

凩や電波傷つけ合うてゐる

寒さ極みの一層の子の無口

山茶花やけふが一刻づつ終る

卓袱台は冬日の暮れのころるところ

おでこ全開木枯を帰りくる

帳尻が合ふ枯野きて水飲んで

歳晩や嫥てふ文字の鼻柱

Ⅵ　底紅

書初の立心偏の剣なす

霜の夜の機体深海鮫の如し

毛糸帽いつも頭上にある未来

麦踏むや大地の磁場の懐に

青春の始まつてゐる白セーター

手と呼んで猫の前足冬ぬくし

マンションの壁の断崖日脚伸ぶ

春隣さざなみは川さかのぼる

水は水の形を忘れ薄氷

花束に入るる枝もの春浅し

探梅にすこし不便はよかりけり

踏青のこころ鎮めの歩幅かな

いつも此処蒲公英の白花ばかり

アボカドに種の重たき春の月

春光に湧き継ぐ上質な孤独

緋と紅と朱とあひ違へ雛納

待つてゐるよと門灯の朧かな

すこしづつむかしが親し蓬餅

清明の玻璃戸は子規のファインダー

囀や子規のすなはち律の家

初桜よく来る町の知らぬ場所

たいていは一人でいつも花曇

スイートピーしあはせさうといふあはれ

星々のシンコペーション春の果

底辺に高さかければ夏立てり

万緑や赤子を計る発条秤

父の日を一家総出で盛り上げる

登山より帰りて祝ふ誕生日

裸足まづ摑み心地を確かむる

梅雨長しなほ長々し傘袋

ソーダ水一回戦で帰る子に
八月某日ダイソーのゴム草履

アスファルトより夏蝶の黒浮かぶ

前髪を気にして終はる夏休

いかなる神なるや炎昼のテロリズム

雷鳴のときに蹠よりひびく

中学生群なして行く残暑かな

苦瓜ひとつ手なづけてゐる気分

飲めば水身ぬちにまろく落ちて秋

つくつくぼふし絶交の三日ほど

底紅や私を嫌ふ私の子

母われにだけ流星のまだ見えぬ

あきらめるあきらかになる秋になる

一斉に露散つて風驚かす

ミサイル飛ぶそこは鳥渡る空ぞ

土器に触れて渇きぬ秋の蝶

山荘はいまも銀河の中にあり

ファクシミリは昭和の速さ秋うらら

新米も赤子も重しありがたし

星まつり全員ＡＢ型の家

横向きに列車に揺られゐる秋思

ホチキスの針の整列秋つばめ

下の子の背がずんと伸び鶏頭花

神留守の素焼の肌のうすじめり

Ⅶ 離宮

天水桶秋水硬く満たしけり

秋のこゑ天保の世の梁に触れ

月の宴トリュフ微かに大地の香

彦星も来よグラスよく冷えをるぞ

釘打つ音だんだん速し黄落期

月光や深海に降るものの嵩

正論を掲げられても小春猫
ふゆといふやはらかき名よ冬はじめ

故郷めく火入れ始めのストーブは
天涯を背にオリオンの立ちあがる

古戦場ひたひたと風冷ゆるかな

踏みて音なき本陣跡の散紅葉

京の山眠るや乱世とくと見き

音立てて花のやうなる時雨かな

天恵の時雨に濡るること嬉し

蕪むし京の町屋の猫真白

憂かりけるわが身の重さ浮寝鳥

おのが葉に照らし返され花八つ手

本積んでくづれて短日と思ふ

寒ければ身の丈の火を使ひけり

霜の夜のさらさら掬ふ無洗米

冬至湯のしまひの柚子を回すかな

それぞれに冬麗の鍵持ちて出る

水撥が大寒の岸濡らしけり

おほかみに節くれの指あるならむ
真白くて咲くやうにゐる兎かな

脚入れてブーツにはかに生き返る

踏ん張れるポストの上の雪達磨

関東平野鋼の板のごとく冷ゆ

垂直に凍る手拭朝稽古

凍滝にある蒼白のこころざし

駅伝の道は走者を待ちて凍つ

大試験へと立つ親の顔は見ず

啓蟄の湯気たのもしき炊飯器

ことごとく木々の法悦芽吹き急
全員の合意に土筆出でにけり

卒業の机が行儀よく残る

探し物ならば燕に聞けといふ

春はあけぼの空気清浄機が唸る

初花や池を隔てて呼び合うて

茅屋根に春光ふかと葺き足さる

蕗の姥伸び放題をよろこべり

ひとひらが枷をはづれしのち落花

蒲公英に倣ひて空を見上げをり

永日の賢者の石のやうに亀

春惜しむマンホールよりヘルメット

躑躅見てをり家の鍵ふと不安
えごの花散る水門の石造り

夏近し波音たてて洗濯機

待ち合はす母の日母の友達と

夏座敷つつ抜けといふ気安さよ

路地奥のロシア語教室薔薇匂ふ

椎若葉てのひら重ねをれば闇
ひるがほの一輪非常階段に

麦こがし用なきものに本籍地
白玉つくる楽しうて切なうて

緑蔭に潮風至る離宮かな

生れやすき卵のかたち夏至夕べ

あとがき

第二句集『真咲』から十五年の歳月が過ぎた。幼かった子はそれぞれ大学生、高校生になった。出会いがあり別れがあって、私は仕事をし、相応の年齢を重ね、俳句を作り続けた。俳句に向かう時、いつもそこだけが澄んでいた。

このたびご縁を得てコールサック社から第三句集を出版する。代表の鈴木比佐雄氏は詩人で、先師能村登四郎は氏の高校時代の恩師である。氏は「沖」誌の文中に先師の言葉を引用された。

「常に自分に問いかけない人間は成長しないと思っています。」

この言葉に背中を押され、今回の上梓に至る。先師登四郎もまたご自身の言葉通り、常に自身への問いかけを生涯の課題とされた。

上梓を快くお許し下さった能村研三主宰、森岡正作副主宰、いつも私のいる場所をあけて下さる句友の皆様、拙い句集をお読み下さったすべての皆様に、心よりお礼を申し上げる。

そして見守ってくれる夫と娘たちへ。ありがとう。

令和元年　九月二十六日

辻　美奈子

辻　美奈子（つじ　みなこ）略歴

本名　米谷　美奈子（こめたに　みなこ）
昭和40年（1965年）3月9日　東京生
昭和55年　句作を始め、馬酔木「火音抄」に投句
昭和58年　「沖」入会。
平成5年　第21回「沖」新人賞受賞、同人
平成6年　第1句集『魚になる夢』
平成7年　第17回「沖」珊瑚賞受賞
平成16年　第2句集『真咲』
平成17年　第33回沖賞受賞
　　　　　第28回俳人協会新人賞受賞
平成24年　辻直美遺句集・評論・エッセイ集『祝祭』出版
現在「沖」編集長　俳人協会評議員
現住所　〒350-0024　埼玉県川越市並木新町19-16　米谷方

石炭袋

辻美奈子 句集『天空の鏡』

2019年11月1日初版発行
著　者　　　　辻　美奈子
編集・発行者　鈴木比佐雄
発行所　株式会社 コールサック社
〒173-0004　東京都板橋区板橋2-63-4-209
電話 03-5944-3258　FAX 03-5944-3238
suzuki@coal-sack.com　http://www.coal-sack.com
郵便振替　00180-4-741802
印刷管理　（株）コールサック社　製作部

＊装丁　奥川はるみ

落丁本・乱丁本はお取り替えいたします。
ISBN978-4-86435-413-4　C1092　￥1500E